KB004811

SMILEY

A JOURNEY OF LOVE

JOANNE GEORGE

스마일리

사랑의 여정

조앤 조지
JOANNE GEORGE

이미선 옮김

모든 생명은 소중하다는 것을 가르쳐주신 아버지,
빅터 화이틀리와 열네 살 때부터 내게 일자리를
주시고 많은 동물들을 도와줄 수 있게 해주신
고故 랄프 와트 수의학 박사님께 이 책을 바친다.

한국 독자들에게

스마일리가 이루어낸 사랑의 여정

2018년은 무술년 개띠 해이자 스마일리가 남겨놓은 유산이
시작되는 해다. 올해는 과거로부터 배우고, 현재를 살며,
미래를 준비하는 해가 될 것이다. 스마일리는 매일 그것을
실천하며 살았다. 그는 강아지 번식장에서 태어나 시작은
보잘 것 없었지만 역경을 헤치고 세상에서 가장 사랑받는
개가 되었다. 그는 우리에게 마음으로 바라보는 법을
가르쳐준 개로 영원히 기억될 것이다.

'마음으로 바라보기'는 매우 간단한 모토 같지만 사실 이것은
매우 강력한 메시지다. 우리 모두가 스마일리처럼 서로를
마음으로 바라본다면 어떤 세상이 될까?

마음으로 본다는 것이 무슨 의미인지 스마일리를 통해
처음 알게 된 때가 기억난다. 처음에 우리는 중증 심신
장애인 시설에서 일하는 치유견 팀으로 배정되었다(당시

스마일리는 조련사와 함께 정신적인 고통을 겪고
있거나 고립된 사람들에게 위안을 주는 반려견 역할을
맡고 있었다). 그곳에서 일을 제대로 해낸 치유견은 한
마리도 없었다. 그곳에서 지내는 사람들은 다른 사람들과
신체적으로 현저한 차이가 있었고, 최소한의 언어 능력만을
가졌으며, 대개는 시끄러운 소리를 내거나 아니면 아무 소리
없이 의사전달을 했다. 대부분의 사람들이 전동 휠체어에
앉아 지내야 했고, 제멋대로 갑작스럽게 손을 움직였다.
눈이 보이는 개들이라면 아마도 이런 명백한 차이를 보고
그들의 불분명한 말소리와 동작에 놀라 뒷걸음을 쳤을
것이다. 스마일리는 어느 것도 꺼려하지 않았다. 그는
만나는 누구에게나 그랬던 것처럼 그들에게도 똑같이
애정을 보여주었다. 그는 휠체어에 앉아 있는 그들에게 더
가까이 가기 위해 앞발을 들고 까치발로 다가가곤 했다.
그가 부드럽게 그들의 손을 핥아주면 그들은 기뻐했다.
그들이 그의 머리를 쓰다듬어줄 때 그가 피하지 않고 가만히
있으면 그들은 행복해했다. 처음으로 그들은 평가받고
있지 않다고 느꼈다. 우리가 다른 사람들을 찾아서 복도를
따라 걷고 있을 때 직원이 물었다. "그런데 저 개는 어떻게
보나요?" 나는 "마음으로 봐요"라고 대답했다.

스마일리는 이 세상에서 15년을 사는 동안 수많은
사람들에게 엄청난 영향을 미쳤다. 묘기를 부릴 줄도

모르고, 영화에 출연한 적도 없고, 엘렌 디제너러스 쇼에
출연한 적도 없었지만, 사람들은 절대 그를 잊지 않을
것이다. 스마일리가 세상을 떠난 지금 나는 그가 얼마나
많은 사람들을 구했는지 다시금 깨닫게 되었다. 아직까지도
나는 전 세계로부터 스마일리가 어떻게 자신의 삶을
바꿔놓았는지에 대해 전하는 메시지를 받고 있다. 누군가
죽은 뒤 그 사람의 장례식에 가서야 그가 다른 사람들에게
어떤 영향을 미쳤는지 알게 되는 것과 마찬가지다. 그래도
괜찮다. 이런 편집되지 않은 이야기들 덕에 나는 스마일리를
잃은 슬픔을 잘 헤쳐 나가고 있다. 그에게는 그런 목적이
있었고 그는 그것을 잘 해냈다.

우리는 스마일리에 대한 사랑으로 하나가 되었다. 만인에
대한 사랑과, 가장 힘들 때조차 우리를 미소 짓게 만드는
능력에 감동받은 사람들의 공동체를 이끌어냄으로써
그는 세상을 훨씬 더 단단하게 만들어주었다. 나는 미래의
세대들도 스마일리가 실천한 사랑의 여정을 공유할 수
있도록 이 책을 썼다. 그는 마음으로 보는 삶, 평가하지 않는
삶을 살라고 가르치며 사람들의 기억 속에서 계속 자신의
목적을 이뤄나갈 것이다.

조앤 조지

차례

1 장
치유견 스마일리

"따뜻한 미소는 친절함을 보여주는 전 세계적인 언어다."
윌리엄 아서 워드(1921-1994, 미국의 작가)

골든 리트리버 종인 스마일리는 캐나다의 온타리오에 있는
강아지 번식장에서 태어났다. 양쪽 눈 없이, '왜소증'이라는
유전병을 가지고서. 왜소증이 있는 개들은 정상적인
개들보다 머리가 더 크고, 코가 더 짧으며, 턱이 기형이고,
치아가 고르지 못한 데다, 짧은 다리는 휘거나 비뚤어져
있다. 그리고 관절이 비대해진 경우가 많다.

스마일리는 생존하기 매우 불리한 상태로 이 세상에 왔다.
그러나 스마일리는 운이 좋았다. 그는 살아남았을 뿐만
아니라 유명해졌다. 이 책은 그에 관한 이야기다.

온타리오의 스토우프빌 출신 수의간호사, 조앤 조지는
강아지 번식장에서 스마일리를 구조했다. 조앤과 그녀의
동물병원 동료들은 강아지 번식장을 조사하여 그곳에
수용된 개들의 생활조건을 살펴보라는 지시를 받았다.
2004년 2월의 어느 추운 겨울날 그들은 조사를 위해 그곳에
갔다.

강아지 번식장은 어떤 곳인가?

대부분의 사람들은 공장이 판매용 상품을 만들어내는 곳이라는
사실을 알고 있다.

강아지 번식장 역시 공장이지만, 이곳에서는 강아지를 생산하기
위해 반복적으로 교배를 당해야 하는 개들이 노동자다. 더 많은
강아지들이 생산되고 판매될수록 공장 주인은 더 많은 수익을
얻게 된다. 생후 5주 정도 된 어린 강아지들은 어미에게서 떼어져
애완동물 용품점과 벼룩시장, 심지어는 인터넷으로 팔려나간다.
사육장의 상태 때문에 이 강아지들에게는 여러 가지 건강상의
문제가 생길 가능성이 높다. 그러나 대개의 경우 강아지 번식장의
주인은 이와 같은 우려에 전혀 개의치 않는다. 그들의 궁극적인
목표는 최소의 비용으로 강아지를 최대한 많이 생산해내는
것이기 때문이다. 강아지 번식장은 백만 달러짜리 사업이다.

조앤이 처음 스마일리를 보았을 때 그의 두 귀는 찢겨져 있었고 얼굴에는 갓 생긴 상처들이 나 있었다. "헛간에서는 끔찍한 냄새가 났어요. 그러나 어떤 개도 그곳을 떠나고 싶어 하지 않았어요. 그런 생활이 그들이 알고 있는 유일한 생활이었으니까요. 우리는 구조한 개들을 들어서 밖으로 옮긴 다음 아버지의 픽업트럭 뒤쪽 상자 속에 넣어야

사육장의 부모견들 역시 상황이 더 나을 바가 없다. 그들은 작고 답답한 우리에 갇혀 지내거나 커다란 우리 속에서 모두 함께 지낸다. 이런 개들은 영양분이 풍부한 먹이를 제공받지도 못하고 깨끗한 물조차 마실 수 없는 경우가 많다. 큰 곳에 여러 마리의 개가 함께 모여 지내는 경우 힘없는 개들은 굶거나 싸우다 다칠 수 있다. 또 다른 위험은 날씨에 노출된다는 점이다. 여름에는 열사병에 걸릴 수 있고 겨울에는 얼어 죽을 수 있다. 사육장의 부모견이나 새끼들은 충치가 있거나 부상을 당하거나, 혹은 병에 걸리더라도 수의사에게 진료를 받을 확률이 거의 없다. 이런 개들은 운이 좋아서 구조되지 않는 한, 생존 가능성이 낮다.

스마일리는 구조될 때까지 그런 곳에서 태어나 자랐다.

했어요. 운 좋은 동물들을 몇 마리 집으로 데려올 수 있을지
모른다는 희망에서 아버지가 제게 트럭을 빌려주셨거든요.
이 개들은 다치고 늙고 장애가 있었지만, 결국 운이 좋은
개들이었어요. 우리는 구조된 개들을 모두 목욕시키고
중성화 수술을 시킨 다음 좋은 가정으로 입양을 보냈어요."

스마일리는 조앤을 신뢰하는 법을 배웠다.

"노력하는 사람에게 불가능한 일은 없다."

알렉산더 대왕

조앤은 연습과 끈기가 없으면 절대 앞으로 나아갈 수 없다는 것을 스마일리로부터 곧 배우게 되었다.

조앤은 스마일리를 집에 데려온 후 처음 며칠 동안 무슨 일이 있었는지 기억이 선명하지 않다고 시인한다. 그녀의 집에는 새로운 개만 보면 먼저 덤벼들고 보는 살짝 귀가 먼 그레이트데인이 있었다. 조앤은 작고 겁에 질린 이 골든 리트리버가 다른 개가 없는 집에 가면 훨씬 더 편안하게, 더 잘 살 수 있을 것이라고 확신했다.

그러나 조앤의 동료들은 그녀더러 스마일리를 데려가라고 우겼다. "어떤 이유에서인지 그들은 스마일리와 내가 잘

맞는다고 생각했어요." 결국 조앤은 스마일리를 데려갈 집이
나올 때까지 이 작은 골든 리트리버를 돌봐주기로 했다.

스마일리에 대한 조앤의 첫 번째 기억은 집안 구석진
곳에 최대한 몸을 웅크리고 있던 스마일리의 모습이다.
스마일리는 소파 옆의 작은 탁자 밑이나 텔레비전 뒤쪽의
가장 구석진 곳에 들어가 있곤 했다. 스마일리는 소파
뒤쪽으로 비집고 들어가서 가죽을 물어뜯기도 했다. 곧 그의
은신처에 있던 전선이 전부 너덜너덜해졌다. "노란색의 이
작은 개는 마음속으로 불안해하고 있었고, 그 결과 주변의
모든 것을 물어뜯어놓았어요." 조앤은 전선은 다시 이어
붙였지만, 스마일리가 불안감에서 벗어날 때까지 소파는
그대로 내버려두었다.

특별한 장애가 있는 데다 훈련도 안 된 개를 입양하고 싶어
하는 사람이 아무도 없다는 것을 조앤은 곧 알게 되었다.
6개월이 지났지만 스마일리는 계속해서 퇴짜를 당했다.
그 겨울날에 구조된 다른 골든 리트리버들은 모두 사랑이
넘치는 가정으로 입양되었다. 오로지 스마일리만 남았다.

마침내 조앤은 스마일리가 자기 개일 뿐만 아니라, 자신과
함께 살 때 스마일리가 가장 행복할 것이라는 사실을
깨달았다.

"항상 햇살이 비추는 쪽을 바라보라.
그러면 그림자가 등 뒤로 질 것이다."
월트 휘트먼(1819-1892, 미국의 시인이자 수필가)

스마일리는 혼자 남겨지면 잘 지내지 못했다. 조앤은 외출할
때면 안전을 위해 스마일리를 크레이트 안에 집어넣었다.
그럴 때마다 스마일리는 평소보다 더 많이 불안해했다.
조앤이 집에 돌아오면 스마일리의 몸이 똥으로 범벅이 되어
있곤 했다. 밀폐된 좁은 공간에서 빠져나오려다가 다치는
경우도 많았다. 조앤은 '어디든 스마일리를 함께 데리고
다녀야겠다'고 결심했다. 그리고 실제로 스마일리는 어디든
그녀와 함께 다녔다.

처음에 스마일리는 차 타는 것을 전혀 좋아하지 않았다.
"그래서 저는 매일 아침 15분 일찍 일어나 출근하기 전에
스마일리를 SUV에 태우기 위해 달래느라 진땀을 빼곤

했어요. 스마일리를 안아서 들어 올리면 질겁을 했죠. 저는 스마일리가 저를 믿고, 자기 자신을 믿을 필요가 있다는 것을 깨달았어요. 스마일리 스스로 이렇게 적응해나가야만 했어요. 제가 도움을 줄 수는 있겠지만 그를 대신해서 해줄 수는 없으니까요. 제가 스마일리를 들어서 어딘가에 집어넣어버리면, 그는 자신이 어디에 있는지, 그곳에 어떻게 들어갔는지 전혀 모를 거예요. 그건 올바른 방법이 아니었어요."

조앤은 연습과 끈기가 없으면 절대 앞으로 나아갈 수 없다는 것을 스마일리로부터 곧 배우게 되었다. 그녀는 조급해지거나 스트레스를 받는 상황에서 평정을 유지하는 법을 터득했다. "일단 제가 스마일리에게 필요한 상황이 어떤 것인지 파악을 하고 나자, 우리 둘 다 더 편해지게 됐어요. 얼마 지나지 않아서 스마일리가 새 집의 현관 계단을 달려 내려와 차문까지 저를 마중하러 오더군요. 그는 제게 자제력과 이해심, 그리고 받아들이는 법을 가르쳐주었어요."

스마일리의 행동을 유심히 관찰하다가 조앤은 비어 있는 눈구멍 때문에 그가 불편해한다는 것을 알게 되었다. 안구가 있었던 빈 공간에 눈썹이 안으로 말려 들어가서 상당한 염증과 통증을 유발시키고 있었던 것이다. 조앤은

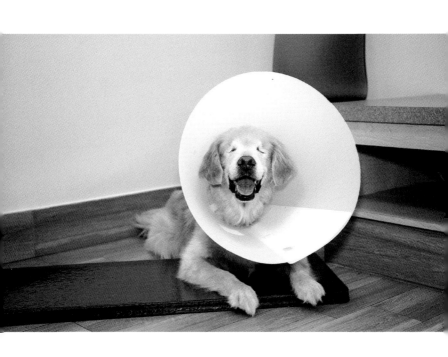

스마일리를 수의사에게 데려갔다. 수의사는 눈구멍에서
조직을 모두 들어내고 눈을 영구적으로 봉합해야 한다고
조언했다. 이것은 상당히 큰 수술이었다. 토론토의
저명한 수의학 외과의사, 케빈 이사코우 박사가 수술을
해주겠다고 제안했다. 수술에는 두 시간이 걸렸다. 수술
결과 스마일리의 얼굴이 극적으로 바뀌었다. 계속 미소를
띠고 있는 것 같은 스마일리의 모습은 그의 삶뿐만 아니라
이 특별한 개를 만나게 될 모든 사람의 삶을 바꿔놓았다.

수술 후 스마일리는 엘리자베스 칼라를 쓰고 있어야만

했다. 이 플라스틱 칼라는 혹시라도 스마일리가 눈을
긁어서 절개부분을 벌어지게 함으로써 얼굴에 더 많은
흉터를 만들지 않도록 막아주는 역할을 했다. 수술 후에는
스마일리가 덜 불안해했다. 조앤은 그의 행동 문제 중
일부가 눈의 통증 때문에 생겨난 결과였다는 것을 곧
알게 되었다. 수술을 받은 후 스마일리는 4주 동안 꼬박
엘리자베스 칼라를 쓰고 있었다. 그 시간 동안 조앤은
자신이 입양한 개의 또 다른 놀라운 면모를 발견했다.
스마일리는 소리를 통해서 세상을 '보고' 있었다. 그가
칼라를 쓰고 있었을 때는, 칼라가 터널처럼 소리를

여과시켜서 제거해버렸다. 스마일리가 들을 수 있는 유일한 소리는 바로 앞에서 나는 소리뿐이었다. 그는 조앤이 방에서 움직이며 내는 목소리의 방향조차 귀로 좇질 못했다. 그러나 일단 칼라를 떼고 나자 스마일리는 어떤 방향에서 공을 던져주건 그것을 찾아내 물고 왔다. 그는 공이 던져져서 바닥에 떨어질 때까지 그 소리를 좇아갔다.

스마일리는 날카로운 청각에 의지해 똑바로 걸어다녔고, 자기 주변에서 벌어지는 일들을 추적할 수 있었다. 스마일리의 청각은 음파탐지기처럼, 혹은 박쥐들이 사용하는 반향 위치 측정(echolocation)처럼 작용한다. 스마일리는 소리를 이용해서 자신이 어떤 상황 속에 있는지 파악했다. 조앤은 그가 자기 발소리도 들을 수 있을 것이라고 생각한다. 스마일리는 주차된 자동차나 크기가 비슷한 다른 물체 옆을 지나갈 때면 위험의 가능성을 감지하고 그쪽으로 몸을 돌리곤 한다.

스마일리가 앞을 볼 수 없다는 사실을 잊어버리고 지내는 경우가 많다. 그는 다른 여느 개와 마찬가지로 바쁘게 살아가고 있다. 조앤이 스마일리에게 목줄을 채워서 시내로 함께 산책을 나가면 그는 고개를 꼿꼿이 세우고 자신감 있게 어슬렁어슬렁 걷는다. 때때로 조앤은 개 가족(스마일리와 두 마리의 보더 콜리)을 모두 이끌고 한가하게 산택을 나간다.

스마일리는 다른 개들과 행복하게 잘 섞여 지낸다. 조앤을
붙들고 스마일리가 눈이 없는 것에 대해 묻는 사람들이
있다. 그들은 앞을 볼 수 없는 개가 온갖 소란과 소동
속에서도 스토우프빌의 메인 가를 너무나 의연하게 걷는
것을 보고 놀라워한다.

개 조련사임에도 불구하고 조앤 자신마저 스마일리에게
장애가 있다는 사실을 종종 잊곤 한다. 개 훈련생들을
교육할 때 그녀는 구두 명령과 함께 수신호를 가르친다.
훈련생들의 진도가 어느 정도 나가면 그녀는 전적으로
수신호를 사용한다. 이따금씩 조앤은 스마일리가 수신호를
볼 수 없음에도 불구하고 그에게 수신호를 사용하고 있음을
깨닫곤 한다. "장애를 가진 사람이면 누구나 장애가 없는
것처럼 대우받길 바랄 거예요……. 그들은 자신들이 할 수
없는 것에 대해서는 사람들이 잊어주길 원하고 자신들이 할
수 있는 것은 사람들이 존중해주었으면 하고 바랄 테니까요.
그러니까 스마일리가 앞을 보지 못한다는 사실을 제가
잊어버렸다고 해서 저 스스로 바보 같다고 느끼진 않아요.
전혀 그렇지 않아요. 어쩌면 그것이 그가 바라는 것인지도
모르니까요."

그는 고개를 꼿꼿이 세우고 자신감 있게
어슬렁어슬렁 걸으며 다른 여느 개와
마찬가지로 바쁘게 살아가고 있다.

"행복한 사람들은 모두 다른 사람들도
행복하게 만들어줄 것이다."
안네 프랑크(1929-1945, 『안네의 일기』 작가)

2장

스마일리와 조앤

"장애는 인식의 문제다. 한 가지만 잘할 수 있어도
우리는 누군가에게 필요한 존재가 될 수 있다."

마르티나 나브라틸로바(1956- , 미국의 프로테니스 선수)

조앤은 스마일리를 아버지의 트럭에 옮겨 실은 순간부터
훈련을 시키기 시작했다. 그가 알았던 강아지 번식장의
존재는 사라졌고, 이제 조앤이 할 일은 스마일리의 새로운
삶을 재미있고 긍정적인 학습이자 성장 경험이 될 수 있게
만들어주는 것이었다. 조앤은 스마일리에게 가르칠 수
있는 가장 중요한 것이 자신감, 즉 보통 개가 되는 법이라고
믿었다. 스마일리로 하여금 새로운 환경이나 경험을 접하게
할 때마다 조앤은 모든 것이 괜찮을 것이라는 사실을
스마일리에게 알려주기 위해 신경을 썼다.

한때 조앤과 스마일리는 아파트에 살았다. 매일 밤
스마일리는 그녀의 침대 위로 뛰어 올라와서 그녀의 품에
파고들곤 했다. 두 사람은 아침까지 아기처럼 세상모르고 푹
자곤 했다.

조앤은 스마일리가 구조되기 전까지 한 번도 차를 타본
적이 없다는 것을 알았다. 자동차 소리와 진동, 어떤 한
곳에서 탔다가 이후 다른 곳, 다른 소리와 냄새를 가진
새로운 장소에서 내려야 하는 정신적 충격이 스마일리의
자신감에 미칠 영향에 대해 그녀는 걱정했다. 처음에는
과연 걱정하던 대로였다. 스마일리는 고집이 셌다. 그는
자동차를 좋아하지 않았다. 그러나 조앤은 끈질겼다. 그녀는
차 안에서 발로 바닥을 탁, 탁, 탁 치며 "타라, 타라, 타……"
라고 말하곤 했다. 그런 과정이 무수히 반복된 뒤에야
마침내 스마일리는 차에 뛰어 올라타곤 했다. 한번 적응이
되고 나자 곧 스마일리는 자신을 태울 차의 정확한 높이를
귀신같이 알아냈다. 그는 픽업트럭 뒤에도 단 한 번에 뛰어
올라탈 수 있었다.

조앤이 정말로 신기하게 여기는 것은 대부분의 다른
개들처럼 스마일리 역시 목적지에 도착하기도 전에 차가
어디로 가고 있는지 안다는 사실이다. 조앤이 말을 기르는
헛간 앞 차도에는 움푹 파인 웅덩이가 있다. 스마일리는 그

첫 번째 웅덩이를 차의 흔들림으로 느끼는 순간 흥분하기
시작한다. 그런 흔들림은 다른 개들과 뛰어다니며 키 큰 풀
속에서 놀았던 오후, 이다금씩 간식으로 먹은 똥 덩어리,
혹은 긴 하이킹 여행을 위한 자동차 이동을 의미한다.
긴 자갈길은 숲 속에서 목줄을 매지 않은 채 하이킹하는
것을 의미한다. 또한 세 시간의 자동차 이동은 개들이 누릴
수 있는 완전한 행복을 며칠 동안 오두막별장에서 누리게
될 것을 의미한다.

시골길에서 행복하게 뛰어노는 스마일리!

조앤은 스마일리가 눈 수술에서 회복된 직후 '오두막에서
보내는 생활'을 접하게 해주었다. 골든 리트리버가 물을
좋아한다는 것은 잘 알려진 사실이지만 어린 강아지들은
수영이라는 개념에 먼저 익숙해져야 할 필요가 있다.
스마일리는 한 번도 호수에 가본 적이 없었다. 어쩌면
목욕도 한 번 해본 적이 없을 것이다. 그러나 조앤이 그를
처음으로 북쪽지방에 데려갔을 때 그는 이미 준비가 되어
있었다.

스마일리는 트럭에서 뛰어내리자마자 물에서 나는 새로운
냄새에 금세 관심을 보였다. 꼬리를 깃발처럼 흔들며
스마일리는 가파른 언덕을 내려가 호숫가를 찾아갔다.

골든 리트리버는 물을 좋아하고 수영을 잘한다.

골든 리트리버는 물을 본능적으로
좋아한다. 초급 복종 기준이든 고급 복종
기준이든 그들을 쉽게 훈련시킬 수 있다.

골든 리트리버는 시각장애인 안내견이나
청각장애인 도우미견 같은 장애인
도우미견으로 인기가 높다. 친근하고
부드러운 성품 때문에 골든 리트리버는
미국과 캐나다에서 집에서 기르는 개 중
가장 인기 높은 견종 3위에 올랐다.

호수에서 나는 냄새와 소리가 리트리버로서 그의 본능을
촉발시킨 것 같았다. 사육장에서 태어난 이 작은 개가
자신의 본능이 이끄는 대로 따르는 것을 보았을 때 그것은
조앤에게 마법과 같은 순간이었다. 처음에 차가운 물이
발가락에 닿자 스마일리는 깜짝 놀라서 펄쩍 뒷걸음질을
쳤다. 그러다가 그는 또 다른 물결을 향해 앞으로 뛰어갔고,
그렇게 점차 또 다른 물결을 향해 계속 뛰어갔다. 마침내
스마일리가 물속으로 들어가 걷기 시작했다. 몸이 점점 물에
잠기다가 마침내 물이 목까지 차오르자 스마일리는 헤엄을
치기 시작했다……. 이는 오래전부터 골든 리트리버들에게
가르쳐온 것이었다.

비록 새로운 생활에 잘 적응은 하고 있었지만 스마일리는
혼자 남겨질 때는 매우 우울해했다. 조앤이 근무하는
병원의 원장이 스마일리와 함께 출근해도 된다고 말했을
때 그녀는 기회를 놓치지 않고 붙잡았다. 이제는 매일 아침
식사를 마친 후 스마일리가 현관 문 옆에 앉아서 조앤이
출근 준비를 마치길 기다린다. 그리고 매일 동물병원에서
스마일리는 프런트 데스크 밑에 엎드려 꾸벅꾸벅 졸곤 한다.
출입문 벨이 울릴 때마다 스마일리는 일어나서 새로운
환자와 가족들을 맞이한다. 행복하고 다정한 그의 태도
덕분에 아무리 긴장한 방문객이라도 긴장감을 늦추고 조금
진정하는 것 같다.

"진정한 가족을 연결시켜주는 유대감은
혈연에 의한 유대감이 아니라 서로의 삶에 대한
존중과 서로의 삶에서 느끼는 기쁨이다."

리처드 바크(1936- , 미국의 비행사이자 『갈매기의 꿈』 작가)

스마일리는 매우 활달한 두 마리의 보더 콜리, 펄과 피피와
함께 살고 있다. 이 둘은 매우 똑똑하다. 그러나 그들은 집
안을 끊임없이 뛰어다니면서 뒷마당으로 통하는 유리문에
계속 부딪힌다. 하지만 스마일리는 한 번도 유리문에 부딪힌
적이 없다. 그는 문이 언제 열리고 닫히는지 잘 알고 있다.
그는 바람을 느낄 수 있고, 바깥의 냄새도 맡을 수 있다.
스마일리는 조앤의 개들 중에서 ─ 후각이 더 발달되어
있기 때문에 ─ 지저분한 곳에 절대 발을 들여놓지 않는
유일한 개다.

피피는 스마일리의 충직한 친구다. 그녀는 그가 특별히
무엇을 필요로 하는지 감지한 것 같다. 피피는 스마일리가
음식 냄새를 좇아 자기 밥그릇까지 고개를 들이밀어도
상관하지 않는다. 그리고 그녀는 스마일리가 숲 속에서
하이킹을 할 때 냄새의 흔적을 잃지 않도록 신경을 써준다.

스마일리의 가족, 셰퍼드, 조앤 그리고 다린

3장

스마일리와 조앤의 새 가족

"가족은 중요한 것이 아니라 전부다."
마이클 J. 폭스(1961- , 캐나다의 영화배우)

조앤과 스마일리가 함께 산 지 4년이 되던 2008년에 그녀는
다린과 결혼했다. 스마일리는 여러 사람들과 함께 그날을
보냈고 조앤이 꿈꾸던 대로 결혼식에서 매우 중요한 역할을
맡았다. 스마일리는 흰색 셔츠 칼라에 금빛 나비넥타이를
매고 예식장 가운데 통로를 따라 두 개의 결혼반지가 꽂힌
작은 받침대를 날랐다.

임신했다는 것을 알았을 때 조앤은 개들이 어떤 반응을
보일지, 특히 스마일리가 어떻게 반응할지 궁금했다.
스마일리는 아기들과 함께 지내본 경험이 전혀 없었다.

조앤은 푹 자고 있는 스마일리 위로 아기가 기어 올라가서
그의 귀를 잡아당기고, 그의 코를 움켜쥐며, 비명을 지르고,
큰 소리로 울어대는 모습을 그려보곤 했다. 스마일리는
어떻게 할까? 다행히 조앤에게는 9개월이라는 시간이
있었기 때문에 아기와 개에 대한 책, 두 개의 우주가

조화롭게 지낼 수 있는 가장 좋은 방법에 대한 책을 읽었다. "개들이 모두 뭔가 특별한 일이 벌어지고 있다는 사실을 알아차렸던 게 분명해요. 2009년 6월 갓 태어난 셰퍼드를 집에 데려왔을 때 그들 중 어떤 개도 털끝 한 올 치켜세우지 않았으니까요." 조앤은 말했다.

스마일리에게 아기는 새로운 냄새였고, 스마일리는 일정한
거리를 유지했다. 셰퍼드가 조금씩 자람에 따라, 스마일리는
셰퍼드에게 조금씩 더 가까이 다가갔다. 스마일리는 조앤의
무리 속에 들어온 이 신입에 대해 더 편안함을 느끼기
시작했다.

조앤은 세 마리의 개들을 데리고 날마다 '무리 산책'에
나섰고 세 마리 모두 유모차 옆에서 당당하게 활보했다.
유모차가 아기의 냄새를 풍기며 앞으로 빠르게 굴러가다가
혹시라도 개들이 너무 가까이 다가오면 발등이 깔리거나
옆으로 넘어질 수 있기 때문에 산책은 결코 쉬운 일이
아니었다. "아기는 관심의 초점이었고, 존중을 요했어요."
라고 조앤은 말했고 아기는 그렇게 존중받았다.

'우리 개들이 특별한 것일까? 아니면 아기가 특별한 것일까?'
조앤은 자문하곤 했다. 지금은 자신이 둘 다를 가지는
축복을 얻었다고 믿는다.

스마일리의 많은 팬들이 스마일리가 겉으로 보이는
것처럼 항상 행복해하느냐고 묻는다. 그는 꼬리 치는
것을 멈춘 적이 한 번도 없다. 그는 가족들의 긍정적인
태도에 반응한다. 조앤은 스마일리가 옆에 있을 때는 절대
슬퍼하거나 부정적인 태도를 갖지 않으려고 신경 쓴다.

스마일리가 그녀와 슬픔을 나누고 싶어 하기 때문이다.

"스마일리는 새로운 환경에서 긴장해요. 그래서 제가
새로운 일을 시도해도 스마일리 혼자서는 해보려고 하지
않아요."라고 그녀는 말한다. 스마일리는 주변의 물건들에
부딪힐 때도 계속 꼬리를 흔든다. 이런 사고가 났을 때
조앤은 곧바로 달려가서 그를 달래주지 않는다. 대신
그녀는 밝은 목소리로 "이런!" 혹은 "저런!"이라고만 말한다.
스마일리는 계속 꼬리를 흔들면서 조앤의 목소리가 나는
쪽으로 몸을 돌린다.

스마일리의 삶에 일어난 한 가지 새로운 변화는, 낯선 곳을
갈 때마다 조앤이 스마일리에게 주는 커다란 봉제 인형이다.
스마일리는 다른 모든 리트리버와 마찬가지로 장난감을
입에 물고 의기양양하게 돌아다닌다. 혹시라도 그가 어떤
물체에 부딪히기라도 하면 부드러운 헝겊이 완충제 역할을
한다. 장난감이 벽에 부딪히면 스마일리는 방향을 바꿀
때라는 것을 알게 된다.

때때로 스마일리가 엄청난 기운을 분출하기도 하지만
다른 많은 개들처럼 집 안을 미친 듯이 뛰어다니진 않는다.
아마도 그는 그러다 자신이 다칠 수 있다는 것을 잘 알고
있는 듯하다. 대신 스마일리는 거실 가운데 한곳을 골라

최고의 단짝 친구, 스마일리와 셰퍼드

빙글빙글 돌고, 돌고, 돌고, 또 돈다. 힘이 빠지면 스마일리는
이빨을 드러내고 웃는 표정으로 숨을 헐떡거리면서, 가족을
위해 공연한 쇼에 대해 뿌듯해하며 넝마 인형처럼 털썩
주저앉곤 한다. 스마일리는 다른 모든 개들이 할 수 있는
거의 모든 것을 할 수 있지만 자기 한계가 무엇인지 알 만큼
똑똑하다.

"친절한 행동은 아무리 작은 것이라도 결코 헛되지 않다."
이솝(BC 600-564, 『이솝우화』의 작가)

4장

세인트 존 앰뷸런스 치유견

"우리의 삶과 일과 행동에 대한 기억은 다른 사람들의
마음속에서 계속될 것이다."

로자 파크스(1913-2005, 미국의 흑인인권운동가)

스마일리를 구조한 직후, 조앤은 도움이 필요한 다른
사람들을 돕는 일에 어떻게 그의 특별한 재능을 쓸 수
있을까 고민하기 시작했다.

"언젠가는 그가 훌륭한 치유견이 되리란 걸 저는 알고
있었어요. 스마일리는 저를 따라 요양원에 계신 제 할머니를
몇 번 방문한 적이 있어요. 할머니는 스마일리를 만나는
것을 좋아하셨고, 그의 방문을 진심으로 즐기셨어요. 다른
입주자들도 스마일리가 복도를 따라 할머니의 방으로
걸어가는 것을 보면서 즐거워했고요. 그는 할머니의 방이

어디에 있는지 항상 정확하게 알았어요. 스마일리를 가장
필요로 하는 사람들과 함께 일할 수 있도록 도와준 사람들은
바로 제가 요양원에서 만난 노인들과 스마일리의 사연을
듣기 위해 가던 길을 멈추곤 하던 사람들이었어요."

몇 년 후 개들과 함께 밖에서 산책을 하던 중 조앤은
스마일리가 사람들에게 미치는 놀라운 효과에 불현듯 다시
직면하게 되었다. 한 여성이 가던 길을 멈추고 스마일리에
대해 물었다. 그녀는 스마일리의 사연을 들으면서 그의
머리에 뺨을 댔다. 조앤은 그녀와 잠깐 이야기를 나눴다.
그녀는 스마일리를 안으며 조앤에게 그를 구조해줘서
고맙다고 말했다.

"개들은 자신의 역할을 수행하고 나면
굉장히 행복해한다."

로버트 크레이스(1953- , 미국의 작가)

치유견이란?

치유견은 정신적인 고통을 겪고 있거나 고립된 사람들에게
위안을 제공한다. 그들은 조련사와 함께 때로는 긴장이 되는
환경에서 낯선 사람들과 다정한 관계를 맺기 위해 일한다.

치유견의 가장 중요한 자질은 품성이다. 좋은 치유견은
차분하고 부드러운 품성을 지니고 있고 사람의 손길을 즐긴다.
좋은 치유견은 힘들어하거나 난폭하게 변하는 일 없이 아이들과
다른 동물들을 견뎌낼 수 있어야 한다. 사람들로 붐비는
공공장소들과 긴장되는 여러 상황들도 견뎌낼 수 있어야 한다.

그들은 때로 서투른 손길과 취급에도 만족해야 한다. 이런
치유견에는 치유 방문견, 재난 구호견, 시설 치유견, 동물보조
치유견, 독서 치유견이 포함된다. 치유견은 반려견으로서,
자격증을 받을 수는 있지만 안내견처럼 전문적인 훈련을 받지는
않는다.

세인트 존 앰뷸런스 협회에 치유견 프로그램이 있다는
것을 알았을 때 조앤은 오리엔테이션 모임에 참석해보기로
결정했다. 개들은 입장이 허용되지 않았다. 모임은 네
시간 동안 진행되었고, 모임이 끝난 후 조앤은 스마일리를
등록시켰다.

세인트 존 앰뷸런스 치유 프로그램은 온타리오 주
피터버러에 본부를 두고 일종의 실험 프로그램으로
개발되었다. 이 프로그램의 지속적인 성공은 캐나다
전역에서 조련사들과 함께 치유견 팀으로 활동하는 개들이
현재 거의 3천 마리에 이른다는 사실에 의해 증명되고
있다. 이 팀들은 매년 수천 명의 사람들을 만나면서 도움이
필요한 이들에게 희망을 주고 그들을 치료하고 있다.

세인트 존 앰뷸런스는 활동이 허용된 개들과 그 개들의 조련사들에 대해 엄격한 규칙을 정해놓고 있다. 프로그램에서 정해놓은 높은 기준을 충족시키는 팀들은 요양원과 학교, 병원과 노인 거주지, 노숙자 쉼터, 재난 현장을 방문한다. 그들은 자폐증 환자들, 노인들, 슬픔에 빠진 사람들, 외로운 사람들, 두려움에 빠진 사람들, 희망이 없는 사람들과 만난다. 사람들은 개들을 쓰다듬고, 안고, 만져주고, 개들은 무조건적인 사랑을 베풀어준다.

운동을 좋아하는 대부분의 개들처럼 치유견은
친근하고 부드러운 품성과 사람들을 기쁘게 해주려는
바람을 지니고 있다.

어떤 종이나 크기든 상관없이 치유견이 될 수 있지만 치유견이 되려면 먼저 시험을 보고 자격증을 따는 과정을 거쳐야 한다. 프로그램에 참여한 개들 중에는 작은 치와와도 있고 몸집이 거대한 그레이트데인도 있다. 골든 리트리버와 래브라도 리트리버는 훌륭한 반려견이 되는 것과 똑같은 이유로 훌륭한 치유견이 된다. 놀기를 좋아하는 대부분의 개들처럼 그들은 다정하고 유순한 기질을 지니고 있으며 사람들을 기쁘게 해주고 싶어 한다.

치유견이 되려면 만나는 사람들 모두와 친해지고 싶어 해야 한다. 일부 로트와일러는 훌륭한 치유견으로 판명되었고, 푸들과 세인트버나드, 저먼 셰퍼드, 심지어는 그레이하운드도 훌륭한 치유견이 될 수 있는 것으로 밝혀졌다. 몸집이 작고 껴안기에 좋은 시추와 퍼그, 카발리에 킹 찰스 스패니얼, 요키, 비글 같은 개들은 안아서 귀여워해줄 수 있기 때문에 치유견의 역할로 완벽하게 맞는다. 치유견들은 반드시 차분하고 다정해야 하며, 자신감이 없어서는 안 된다.

첫 번째 만남 이후 몇 달이 지났을 때, 조앤은 세인트 존 앰뷸런스 치유 프로그램으로부터 스마일리를 데려와서 시험을 볼 수 있겠느냐는 연락을 받았다. 스마일리는 그날 여덟에서 열 마리 정도의 다른 개들과 함께 시험을 치를

예정이었다. 조앤은 긴장했지만 자신감 있게 행동했다.
스마일리에게 이런 연습이 좋은 경험이 될 것이라는 사실을
알릴 필요가 있었다.

시험은 스마일리와 조앤 모두에게 어려운 몇 가지
과제로 이루어져 있었다. 이 시험들은 스마일리가 얼마나
안정적인지, 그가 쉽게 겁을 먹는지 알아보기 위한
것이었다. 스마일리가 치유견 일을 정말로 즐길 수 있을까?

그가 자신이 방문하게 될 사람들의 삶의 질을 향상시켜줄
수 있을까? 스마일리는 다른 개들과 사람들에게 어떻게
반응했는가? 그는 쉽게 평정을 잃었는가?

훈련 수업이 끝났을 때 조앤과 스마일리는 모든
심사위원들이 모여 있는 방 안으로 안내되었다. 조앤은
조용했고, 스마일리는 조앤이 심사위원들 앞으로
걸어가면서 내는 샌들의 "탁, 탁" 소리를 따라갔다. 주심의
눈에 눈물이 고였다. 조앤은 나쁜 소식을 받아들이기로
마음을 단단히 먹었다. 그러나 아니었다! 그녀의 눈물은
기쁨의 눈물이었다. 스마일리는 우수한 성적으로 모든
시험을 통과했다. 주심은 조앤에게 그가 천부적인 능력을
지닌 뛰어난 치유견이라고 말했다. 그리고 좀 더 친근한
어조로 덧붙였다. 스마일리가 세인트 존 앰뷸런스와 함께
일하는 동안 그의 방문을 받게 될 사람들은 정말 운이 좋은
사람들이라고.

여러 해가 지난 후, 조앤 자신이 치유견 심사위원이 되었다.
그녀는 그 여성 주심이 왜 울었는지 알게 되었고, 그녀가
어떤 기분이었는지 이해했다. "내가 프로그램에 받아들인
두 마리의 개가 나를 울게 만들었어요. 그들은 스마일리처럼
매우 특별해서 내 기운을 북돋아주었죠."

치유견을 귀여워해주기만 해도 스트레스 수치가 줄어들고, 호흡이 고르게 되며, 심지어는 혈압도 낮아질 수 있다. 연구에 의하면 유대감을 형성해 애정을 주면 개와 사람 모두에게서 ― '포옹' 혹은 '사랑' 호르몬으로 알려진 ― 옥시토신이 방출된다고 한다. 그럼에도 불구하고 놀랍게도 스마일리에게 긍정적으로 영향을 받은 사람들 중 대다수는 그의 부드러운 털을 손으로 만져본 적이 한 번도 없었다. 스마일리는 뭔가 다른 것을 해주었다. 그는 텔레비전과 소셜 미디어를 통해 전 세계 사람들을 치유해주었다.

"친절함의 최종 결과는 사람들이
당신에게 끌리게 된다는 점이다."

아니타 로딕(1942-2007, 영국의 기업인이자 사회운동가)

"할 수 있다고 믿으면 이미 반쯤 이룬 것이다."

시어도어 루스벨트(1858-1919, 미국의 25대 대통령)

5 장

시각장애를 가진 치유견 스마일리

"친절은 귀가 들리지 않는 사람도 들을 수 있고
눈이 보이지 않는 사람도 볼 수 있는 언어다."
마크 트웨인(1835-1910, 『톰 소여의 모험』을 쓴 미국의 작가)

세인트 존 앰뷸런스 치유견 스카프를 목에 두르고 치유견
이름표가 달린 빨간색의 특별한 목걸이를 찬 무렵부터,
스마일리는 이미 '치유견 마법'을 부리기 시작했다. 치유
방문을 위해 도서관이든 요양원이든, 찾아가는 곳이 어디든
그곳에 도착하면 스마일리는 목줄을 입에 물고 밴에서
뛰어내린 다음 조앤에게 뒤따라오라고 꼬리를 흔들며
현관문 쪽으로 껑충거리며 뛰어간다. 조앤은 스마일리가
자신에게서 도움을 받은 사람들의 기분이 얼마나 많이
좋아지는지 알고 있다고 확신한다. 스마일리는 휠체어를
탄 사람을 만나면 그 사람이 자신의 부드러운 털을 만질 수

있도록 의자 팔걸이에 두 앞발을 살짝 올려놓곤 한다. 팔을
쓸 수 없는 사람들을 방문할 때면 스마일리는 가슴이나
무릎에 머리를 대고서 자신의 존재가 끌어낼 수 있는 모든
소리에 매우 기뻐한다. 스마일리는 아무리 시끄럽고 귀에
거슬리는 비명 소리라도 그 속에서 행복과 기쁨을 감지한다.

조앤은 스마일리가 아이들을 만날 때 가장 큰 기쁨을
느낀다고 믿는다. 정기적인 평가도 받아야 하지만
스마일리가 이 전문분야에서 자격증을 받으려면, 힘든

어린이 치유견 시험을 통과해야 한다. 자격증이 있는 모든
어린이 치유견은 여러 명의 시끄럽고 흥분한 어린이들과
접하게 되었을 때 엄청난 인내심과 평정을 보여주어야
한다. 스마일리는 어린이들의 즐거운 에너지와 키득대는
목소리들, 항상 질문을 해대는 그들의 마음 자세를 좋아한다.
"스마일리는 왜 달라요?" 조앤은 항상 이런 질문을 받는다.
"왜 스마일리는 눈이 없이 태어났어요? 자기가 있는 곳이
어딘지 어떻게 알아요? 물건에 부딪히나요?"

그들은 수많은 질문을 하고 조앤은 모든 질문에 대답해준다.
왜냐하면 바로 그때 마법이 일어나기 때문이라고 그녀는
말한다. 스마일리는 어린아이들에게, 개에게 접근하는
방법과 어떻게 귀여워해주면 개들이 좋아하는지
가르쳐준다.

좀 더 나이 많은 학생들에게는 다른 사람들을 '판단'하거나
사람들에게 '꼬리표'를 붙이지 않는 것에 대해 가르친다.
아이들은 스마일리 앞에서 편안함을 느낀다. 그는 모든
아이들 하나하나에게 특별하다는 기분을 느끼게 해주고,
어느 누구도 제외시키지 않는다. 아이들은 자신이 다르다는
것에 걱정하지만, 스마일리와 함께하면서 다른 것이
아름답다는 것을 알게 된다. 스마일리는 사람의 마음속에
무엇이 있는지 감지한다. 그렇게 하기 위해 그에게는 굳이
눈이 필요하지 않다.

아이들은 스마일리의 과거와 그가 겪은 고생에도 불구하고,
그가 방으로 들어가는 길에 책상 같은 데 부딪힌다는
사실에도 불구하고, 그에게서 행복함을 볼 수 있다. 그들은
스마일리를 "사랑스럽다", "도움이 된다", "감동을 준다",
"영웅적이다", 심지어는 "천사 같다"고 묘사한다. 볼 수
없다는 사실 때문에 스마일리에게 모든 것이 더 어려울 수
있겠지만, 그렇다고 해서 다른 개가 할 수 있는 모든 것을

"세상에서 가장 아름다운 것들은 볼 수도, 만질 수도
없다. 그것들은 가슴으로 느껴야 한다."

헬렌 켈러(1880-1968)

아이들은 스마일리가 장애에도 불구하고
매우 행복해하는 모습에 감탄한다.

하지 못하는 것은 아니라고 조앤은 아이들에게 말해준다.
그는 그저 조금 더 열심히 노력해야 할 뿐이다.

스마일리는 정기적으로 동네 도서관을 방문해서 특별한
도움이 필요한 아이들이나 책 읽는 것이 힘든 아이들과
함께 앉아 있곤 한다. 이 아이들은 개들 역시 같은 문제들을
가지고 태어날 수 있다는 것을 배운다. 그들은 스마일리가
장애를 극복했고, 그가 행복해한다는 것 또한 배운다.

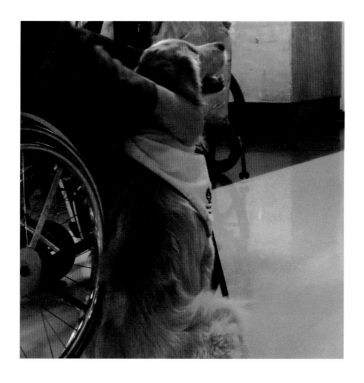

스마일리는 요양원을 자주 방문한다. 그곳에 거주하는 사람들은 대부분 치매 환자들이다. 치매는 기억을 없앤다. 그런데 대부분의 치매 환자들은 대개 어린 시절은 기억하고, 때로는 가족이 키웠던 개는 기억하면서도 자기 가족은 알아보지 못한다. 스마일리는 그들에게 그런 특별한 개 친구들을 떠올리게 만들어준다.

조앤과 스마일리는 때때로 테디를 방문한다. 그는 신체적, 정신적 장애가 있는 성인들을 위한 요양원에 살고 있다.

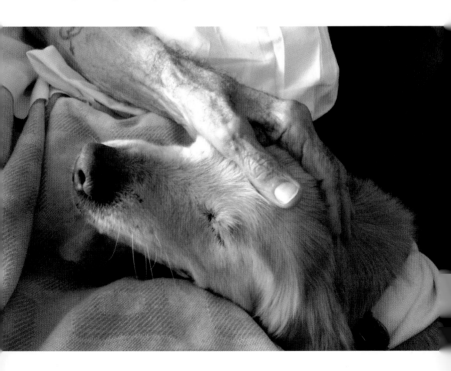

말을 하지 못하는 테디는 어느 누구와도 의사소통을 할
수 있는 수단이 전혀 없었기 때문에 내성적이었다. "어느
날 스마일리가 테디의 무릎 위에 양말을 올려놓았어요.
그랬더니 테디가 미소를 지으면서 소리를 내기 시작했어요."
조앤이 말했다. 테디의 간호사들은 그 모습을 보고 깜짝
놀랐다. 그들은 그가 웃는 것을 본 적이 한 번도 없었다.
스마일리는 요양원을 방문할 때마다 맨 먼저 테디를 찾는다.

어느 누구도 스마일리를 만난 것을 잊지 못한다. 스마일리의

사연을 처음 들을 때 사람들은 슬퍼하지만 그들 마음속에는
언제까지나 "나는 무엇이든 할 수 있다"는 스마일리의
인생 교훈이 남아 있다. 역경을 딛고 일어선 스마일리의
성공담을 이제는 전 세계 사람들이 공유하게 되었다. 그가
도쿄 시민 중 어느 누구에게도 달콤한 입맞춤을 해준 적이
없고, 아르헨티나의 아픈 아이를 위로한 적이 없었음에도
불구하고, 스마일리는 세계 곳곳마다 사람들의 마음속에
여전히 희망을 심어주고 있다.

스마일리는 아낌없이 사랑을 주고
남을 평가하지 않는다.

스토우프빌의
'올해의 인물'로
선정된 후 스마일리가
시장의 휘장을 목에
걸고 있다.

6장

스타견 스마일리

"삶의 의미는 자신의 재능을 찾는 것이고, 삶의 목표는
재능을 나눠주는 것이다."

파블로 피카소(1881-1973)

스마일리는 토론토 북쪽의 온타리오 주에 있는 따뜻하고
정감 어린 지역, 스토우프빌에 살고 있다. 스토우프빌
주민들은 지역 신문에 실린 기사들을 통해 스마일리를
알게 되었다. 이 놀라운 작은 개에 대해 읽은 후 사람들은
거리에서 그의 '미소 짓는 얼굴'을 알아보고 그를 멈춰
세우곤 했다. 모두가 그에게 인사를 하고 스마일리로부터
5분 동안의 허그 치유를 받는 은총을 입었다.

그리고 동네 도서관에서는 스마일리와 독서 수업을
해달라는 요청이 빗발쳤다. 스마일리는 세인트

존 앰뷸런스에서 실시하는 스토리를 위한 강아지
프로그램에서도 활동하고 있었다. 이 프로그램을 통해
아이들은 치유견에게 책을 읽어주면서 독서 기술을
향상시킬 수 있었다. 여러 연구 조사들을 통해 반복적으로
증명되었듯이, 차분하고 다정한 청중으로서 개는 아이의
읽기 능력과 자신감에 강한 영향력을 미칠 수 있다.

소셜 미디어와 입소문을 통해 점점 더 많은 사람들이
스마일리를 접하게 되면서, 그에 대해 아는 사람의 수가
극적으로 증가했다. 2015년 조앤과 스마일리는 뉴욕 NBC
TV의 메레디스 비에이라 토크쇼에 게스트로 출연해달라는
초청을 받았다. 이 쇼의 연출자들은 그들에게 토론토에서
뉴욕까지 비행기를 타고 오라고 제안했지만, 조앤은
스마일리를 비행기의 화물칸에 태우지 않을 작정이었다.
무섭거나 해로울 수 있는 상황에 스마일리를 절대 혼자 두지
않겠다고 오래전부터 그에게 약속했기 때문이었다.

뉴욕의 연출자들은 스마일리를 자신들의 쇼에 진심으로
출연시키고 싶어 했기에 한 가지 묘책을 찾아냈다.
스마일리는 조앤과 셰퍼드 바로 옆자리를 배정받았다!
여행은 성공적이었다. 뉴욕의 시끄럽고 붐비는 교통 때문에
모두가 긴장해 있었던 반면, 셰퍼드와 스마일리는 공항에서
무빙워크를 타고 다니며 재미있게 놀았다.

스마일리의 미디어 출연은 점점 더 늘어났다. 스마일리와
조앤은 CBS 뉴스, 글로벌 TV, CBC, CNN, 폭스, 인사이드
에디션, 버즈피드에 출연했다. 스마일리에 대한 기사는
허핑턴 포스트, 토론토 스타, 워싱턴 포스트에 실렸다.
개들과 소통하는 것으로 알려져 유명한 '도그 위스퍼러'
시저 밀란은 스마일리와 사랑에 빠졌고, 영국 성공회

내 임무는 항상 개들, 특히 버림받고
장애가 있는 개들을 구조하는 것이었다.
나는 이 일에 내 인생을 바쳤다.
시저 밀란(멕시코 태생의 개 심리치료사)

데스몬드 투투 주교도 스마일리에게 반했다. 스마일리는
저스틴 트뤼도 총리를 만나기 위해 오타와에도 다녀왔다.
페이스북(SmileytheBlindTherapyDog)과 인스타그램
(@fortheloveofsmiley)을 통해 스마일리에게는 날마다 새
친구들이 늘어난다. 왕립 캐나다 기마경찰은 스마일리에게
왕립 캐나다 명예 기마경찰견 직을 수여했다. 왕립 캐나다
기마경찰견들과 똑같이 그가 지역사회에 봉사하고 있기
때문이다.

스마일리는 이제 점점 나이가 들어가고 있다. 그는 열다섯 살이 되었다. 어느 주말에 조앤 가족이 오두막별장을 떠날 준비를 하고 있을 때, 그녀는 스마일리가 평소처럼 밝지 않다는 것을 알았다. 밴에 뛰어오를 때가 되었지만 스마일리는 그렇게 하질 못했다. 의지는 있었지만 그의 근육이 따라주질 못했다. 다음 날 조앤과 개들이 산책을 나갔을 때 스마일리는 균형을 잃고 거의 쓰러질 뻔했다. 뒷다리가 흔들렸고 제대로 움직이질 못했다. 조앤은 친구인 동물재활 전문가, 태라 에드워즈 박사에게 전화를 걸어서 즉시 진료 약속을 요청했다.

에드워즈 박사는 스마일리를 검사한 뒤 신속하게 그를 신경과 전문의에게 의뢰했다. 전문의는 스마일리가 통증을 전혀 느끼지 않는 것처럼 보이는 데에 놀라움을 금치 못했다. 스마일리는 개의치 않고 계속 꼬리를 흔들었다. 신경과 전문의는 스마일리의 척추에서 꼬리에 가장 가까운 마지막 디스크가 '압착되었다'는 것을 알아냈다. 의사는 통증이 매우 심했을 것이라고 확신했다. 어떻게 그런 병이 생겼느냐는 조앤의 질문에 의사는 아마도 '너무 많이 사용한' 결과일지 모른다고 말해주었다. 혹시 꼬리를 너무 많이 흔들어서 그렇게 된 것은 아니었을까?

스마일리에게는 즉시 침술과 레이저 치료, 강도 높은 근육

마사지 같은 빡빡한 재활 훈련이 실시되었다. 그 결과 거의 기적처럼, 스마일리는 계속 꼬리를 흔들 수 있게 되었다.

스마일리는 진짜 불굴의 정신을 지니고 있다.

스마일리는 '꼬리 끝' 치료를 받은 후
전보다 더 좋아졌다.

"행복은 나비와 같아서 좇아가면
항상 붙잡을 수 없는 곳에 있지만,
당신이 조용히 앉아 있으면 살포시 내려앉는다."

너새니얼 호손(1804-1864, 미국의 소설가)

우리가 도울 수 있는 방법들

🐾 입양할 개를 찾고 있다면 동네 동물 보호소 찾아가기

🐾 동네 보호소나 동물 애호회를 찾아 자원봉사 활동하기

🐾 푸드뱅크에 애완동물 사료 기증하기

🐾 특수 장애가 있는 개의 입양을 고려해보기

🐾 사료와 장난감, 담요를 모아서 구조 단체에 기증하기

🐾 입양 가정을 찾고 있는 개를 잠시 맡아서 돌봐주기

🐾 중고물품 세일을 통해 얻은 수익을 구조 단체에 기부하기

🐾 키우고 있는 개를 잘 돌보기
   키우는 개를 잘 훈련시키고, 정기적으로 동물병원에
   데려가서 진료를 받게 하고, 사랑과 애정을 듬뿍 주기

에필로그

마음으로 보는 법을 가르쳐주고 떠난 스마일리

세상이 무너져 내리는 것만 같고, 국가 간, 인종 간 갈등이 심화되고 있을 때, 넓은 마음을 가진 작은 개가 사람들을 함께 묶어주었다. 눈이 보이지 않는 치유견 스마일리는 많은 사람들의 사랑을 받으며 15여 년 동안 미소와 감동을 퍼트려왔다. 그리고 이제 그의 죽음을 받아들여야만 하는 때가 왔다.

스마일리는 세상 모두를 위한 존재였으며, 이미 우리들 마음속의 일부가 되었다. 그는 역경을 극복하고, 받은 것을 되돌려주었을 뿐 아니라 포기하지 않는 삶에 대해 많은

것을 가르쳐주었다. 그가 살아 있는 동안 깨우쳐준 가장
중요한 교훈은 마음으로 보는 법이었다.

그러나 슬프게도 스마일리는 더 이상 그 일을 할 수 없게
되었다. 그는 석 달 동안 꿋꿋하면서도 품위 있게 암 투병을
해왔고, 그를 사랑했던 사람들은 이제 그를 위해 결단을
내려야 했다. 그를 보내주어야 할 때가 된 것이다. 그의 위와
간에서 종양이 발견되고부터 우리는 마음의 준비를 해야
했다. 그러나 어느 누구도 그와 작별인사를 할 준비가 되어
있지 않았다. 스마일리와 그의 가족을 위한 메시지들이 수천

건 쇄도했다. 꽃들이 놓이면서 장례 준비가 시작되었다.
가족 소유의 땅에 스마일리의 무덤이 만들어지고, 촛불이
켜지고, 기도문이 울려 퍼졌다. 전 세계 사람들로부터
전화가 걸려왔다. 울음 섞인 목소리로 애도의 뜻을 전하는
사람들, 무슨 말인지 알아들을 수 없는 외국어로 전화를
걸어오는 사람들도 있었다. 스마일리는 세상 사람들에게
희망의 등대였다. 그는 사람들을 미소 짓게 만들었고,
어느 누구도 평가하지 않으며 우리 모두에게 무조건적인
사랑을 베풀었다. 아무리 힘든 상황 속에서도 그 난관을
헤쳐 나올 수 있다는 것을 우리는 스마일리를 통해 배울

수 있었다. 스마일리는 다르다는 것이 얼마나 멋진 일인지,
그 다른 점들을 받아들이는 것이 얼마나 멋진 일인지를
가르쳐주었다. 어려운 환경 속에서도 끊임없이 노력하고
성실한 마음가짐을 잃지 않는다면 성공에 이를 수 있다는
것을 보여주었다.

스마일리가 떠나던 날 가장 가까운 지인들 몇 명이
작별인사를 하러 왔다. 우리는 그의 곁을 한순간도 떠나지
않았다. 수의사를 기다리는 동안 스마일리는 어머니가
손수 짜주신 숄이 깔린 고급 침대에 편안하게 누워 있었다.

그리고 우리는 여러분 모두의 사랑을 담아 세상에서 가장
사랑받는 개에게 작별인사를 했다. 아무도 원치 않았을
뿐 아니라 제대로 된 삶을 살 수 있을 거란 기대조차 하지
못했던 개가 전 세계의 애도를 받고 있었다. 나 자신을
포함해서 너무나 많은 사람들의 생명을 구해주었던 개가
이제 세상을 떠났다. 그러나 진짜 천사들은 절대 죽지
않는다. 그들은 자신을 사랑했던 사람들과 영원히 함께한다.
큰 사랑을 베풀며 막대한 영향을 미친 스마일리는 사람들의
가슴속에서 결코 잊히지 않을 것이다. 아무리 어둡고 슬픈
날이라도 그의 아름다운 이미지와 감동스런 이야기들로

인해 환하게 밝혀질 수 있었다고 앞으로도 계속 우리의
아이들에게 말해줄 수 있을 것이다.

나는 온 마음을 다해 스마일리를 사랑했다. 그와 하고
싶었던 거의 모든 일을 다 했고 내 가족과 지역사회, 그리고
전 세계와 함께 그를 공유했다. 나는 스마일리가 이 세상에
온 목적이 무엇인지 알았고 그 목적을 따라 함께 갔다.
스마일리를 위해 그 일을 해줄 사람으로 내가 선택되었다.
나는 그로부터 배웠고 그는 내 삶을 바꿔놓았다. 나는
그에게 세상이 얼마나 아름다운지를 보여주었고 세상의
모든 아름다운 사람들을 보여주었다. 나는 그가 아플 때
그의 말에 귀 기울였고, 이제는 충분하다는 그의 말을
들었을 때 욕심 없이 그를 가게 해주었다. 후회는 전혀
없다. 그가 우리에게 준 것만큼 우리는 그를 보내기가 힘들
것이다. 하지만 다시 똑같은 상황이 닥친다 해도 나는
그렇게 할 것이다.

옮긴이의 말

인내와 사랑을 가르쳐준 스마일리를 기억하며

노랑이를 처음 만난 것은 3년 전 어느 봄날이었다. 그날은
학교에 사는 길고양이들의 TNR(중성화수술)을 위해
시청에서 사람이 나오기로 되어 있었다. 학교 정문 근처의
운동장 스탠드에 앉아 고양이들을 포획하러 오는 사람을
기다리고 있을 때, 고양이 한 마리가 내게 스스럼없이
다가왔다. 혹시 먹을 것을 주지 않을까 기대하고 다가왔을
이 낯선 고양이에게 나는 중성화수술을 선물하기로 했고,
이 고양이는 그날 포획통에 붙잡힌 첫 번째 고양이가
되었다. 수술 후 학교에 다시 방사되던 날 그 고양이는 내가
내민 밥도 먹지 않고 줄행랑을 쳐버렸다. 몇 달 후 어느 날
저녁, 고양이들에게 밥을 주러 학교 안으로 들어가는데
주차장 앞 도로 위에 한 고양이가 누워 있었다. 혹시 배가
고파 쓰러져 있는 것은 아닐까 걱정이 돼서 차를 세우고
뛰어가 보았더니 봄에 만났던 그 고양이었다. 중성화수술을
했다는 표시로 한쪽 귀가 반쯤 잘려 있었기 때문에 그

고양이라는 것을 바로 알아볼 수 있었다. 털이 노란색이었던 그 고양이는 그날부터 노랑이가 되었고, 노랑이와 나는 저녁때마다 만나는 사이가 되었다. 사람을 좋아하고 애교가 많았던 노랑이는 멀리 있다가도 내 목소리가 들리면 뛰어와 내 다리에 얼굴을 비비곤 했다.

여름이 가고 가을이 되었을 때 나는 주차장 안 계단 밑으로 플라스틱 박스에 담요를 넣어 노랑이 집을 만들어주었다. 집이 마음에 들었는지 노랑이는 밖으로 나와 있지 않고 플라스틱 집 안에 앉아 나를 기다리곤 했다. 어느 날 밥을 다 먹은 노랑이와 함께 주차장 밖으로 나왔을 때 한 남학생이 노랑이를 보고 반갑게 인사를 했다. 여름 내내 주차장 앞에서 같이 놀아주고 밥도 가져다주었는데 어느 날부터 안 보여 걱정을 많이 했다고 한다. 노랑이 집이 있는 곳을 알게 된 그 남학생은 핫팩도 가져다 넣어주고, 간식도 가져다주고, 나와 함께 동물병원을 찾아가 노랑이 눈에 들어 있던 안충도 없애주고, 날마다 안약도 넣어주는 등 노랑이를 살뜰하게 챙겼다. 날씨가 쌀쌀해지고 첫눈이 엄청나게 쏟아지던 날 그 남학생에게서 전화가 왔다. 노랑이를 추운 데다 그냥 둘 수 없어서 집으로 데려간다는 것이었다. 그날부터 노랑이는 귀퉁이가 되었다. 길고양이들에게는 여러 개의 이름이 있는 경우가 많다. 만나는 사람마다 다 다른 이름을 지어주기 때문이다. 한쪽 귀의 귀퉁이가 잘린 채, 주차장 귀퉁이에서 살고 있다는 뜻으로 지어준 이름이란다. 나중에 예방접종을 하러 동물병원에 같이 갔을 때 케이지에 우리말로 이귀퉁, 영어로 '코너 리'라고 적힌 이름표를 보고 얼마나 웃었는지 모른다. 지금 귀퉁이는 이건흥 군과 행복하게 잘 살고 있다. 건흥 군은 학교 앞 원룸에서 귀퉁이를 기르다 불쑥 찾아오신 부모님께 들켜 잔소리를 조금 들었다고 한다. 그러나 지금은 공부 때문에 바쁜 건흥 군을 위해 부모님이 수시로 귀퉁이를 맡아 돌봐주시면서 귀퉁이를 귀여운 막내아들로 생각하신다고 한다.

예전에 『영혼을 위한 닭고기 수프』라는 책에서 「불가사리 이야기」를 읽은 적이 있다. 길지 않은 이야기에 묵직한 메시지가 담겨 있어서 나는 이 이야기를 학생들에게 자주 들려주곤 한다. "한 노인이 해변을 산책하고 있을 때 멀리서 누군가가 몸을 숙여 무엇인가를 집어 들어서는 그것을 바다로 던지고 있는 모습이 보였다. 더 가까이 다가간 노인은 한 젊은이가 불가사리를 집어서 하나씩 물속으로 천천히 던지고 있다는 것을 알게 되었다. 노인은 더 가까이 다가갔을 때 소리쳤다. '안녕하신가! 자네가 무엇을 하고 있는지 물어봐도 되겠나?' 젊은이가 잠시 하던 일을 멈추고 올려다보며 대답했다. '불가사리를 바다에 던져주고 있어요.' 노인이 웃으며 말했다. '그런데 왜 불가사리를 바다로 던지고 있나?' 이 말에 젊은이가 대답했다. '해가 떴는데 물이 빠지고 있어서요. 물속으로 던져주지 않으면 다들 말라죽을 거예요.' 이 말을 들은 노인이 말했다. '그런데, 젊은이. 수마일에 달하는 해변에 불가사리들이 널려 있는데 몇 마리 던져준다고 뭐가 달라지겠나!' 노인의 말을 공손하게 듣고 난 젊은이는 다시 몸을 숙여 불가사리를 한 마리 집어 들고 부서지는 파도 너머로 던져준 다음 이렇게 말했다. '저 불가사리한테는 크게 달라졌잖아요.'"

노인은 뭐가 달라지겠느냐고 했지만, 불가사리를 바다에 던져준 젊은이처럼 조앤과 건흥 군은 스마일리와 귀퉁이를 입양함으로써 둘의 삶을 크게 달라지게 만들었다. 스마일리는 조앤뿐만 아니라 수많은 사람들에게 치유와 사랑을 전파하는 스타견이 되었고, 귀퉁이도 건흥 군 가족에게 사랑을 듬뿍 받는 집안의 스타가 되었다. 그러나 스마일리와 귀퉁이의 삶만 달라진 것은 아니었다. 스마일리를 통해 조앤은 인내하고 사랑하는 법을 배웠고, 귀퉁이를 통해 건흥 군은 사랑을 나누고 함께 사는 법을 배웠다. 스마일리와 귀퉁이와 함께 조앤과 건흥 군의 삶은 더 행복해졌다. 동시에 그들의 삶은 더 의미 있는 삶이 되었다. "내가 만일 한 사람의 가슴앓이를 멈추게 할 수 있다면, 나 헛되이 사는 것은 아니리. 내가 만일 누군가의 아픔을 쓰다듬어줄 수 있다면, 혹은 고통 하나를 가라앉힐

수 있다면, 혹은 기진맥진한 울새 한 마리를 둥지로
되돌아가게 할 수 있다면, 나 헛되이 사는 것은 아니리."라는
에밀리 디킨슨의 시처럼, 두 사람의 삶은 헛된 삶이 되지
않을 것이다.

그러나 작은 울새 한 마리를 둥지로 되돌아가게 해주는 데도
큰 결단과 용기가 필요하다. 귀퉁이를 집으로 데려가면서,
장애가 있는 스마일리를 입양하면서 건흥 군과 조앤은
엄청난 부담감과 책임감을 느꼈을 것이다. 귀퉁이를, 특히
스마일리를 새로운 생활에 적응시키는 데 무한한 인내와
노력이 필요했을 것이다. 그리고 그런 노력의 결과 그들은
행복을 찾았고, 스마일리와 조앤은 수많은 사람들에게
희망을 전파하는 희망의 전도사가 되었다. 결단과 용기,
인내심과 책임감, 상처받은 생명에 대한 동정과 연민을
보여준 조앤과 건흥 군에게, 그리고 장애를 극복하고 사랑을
실천하며 산 스마일리에게 무한한 존경과 찬사를 보낸다.

스마일리가 건강하게 오래 조앤 곁에 남아 더 많은
사람들에게 사랑을 전해주길 바랐는데, 지난해 10월
안타깝게도 세상을 떠났다고 한다. 장애 없는 저세상에서
스마일리가 더 환한 미소를 짓고 있을 것이라고, 애써
슬픔을 달래본다. 또한 더 많은 사람들이 조앤과 건흥
군처럼 용기를 내서 배고픔과 추위, 상처와 장애로

고통받고 있는 생명을 하나라도 더 구조해주길 간절히
빌어본다. 우리 모두가 불가사리를 한 마리씩만 바다로 던져
돌려보내준다면 해변의 불가사리들 모두 바다로 되돌아갈
수 있지 않을까?

초록이, 노랑이와 함께

이미선

옮긴이
이미선

경희대학교 영문학과를 졸업하고 동 대학원에서 영문학 석사, 박사
학위를 받았다. 캘리포니아 스테이트 유니버시티에서 영어교육학
석사 학위를 받았으며 옮긴 책으로는 『자크 라캉: 욕망 이론』(공역),
『자크 라캉』, 『무의식』, 『연을 쫓는 아이』, 『라캉의 정신분석학과
페미니즘 이론을 통한 아동문학작품 읽기』, 『창조적 글쓰기』,
『순수의 시대』, 『제인 에어』, 『오만과 편견』, 『여성, 거세당하다』
등이 있다. 저서로는 『라캉의 욕망 이론과 셰익스피어 텍스트
읽기』가 있다.

스마일리

초판 1쇄 발행 · 2018년 3월 2일

지은이 · 조앤 조지
옮긴이 · 이미선
펴낸이 · 김요안
편집 · 강희진
디자인 · 김이삭

펴낸곳 · 북레시피
주소 · 서울시 마포구 신수로 59-1, 2층
전화 · 02-716-1228
팩스 · 02-6442-9684
이메일 · bookrecipe2015@naver.com|esop98@hanmail.net
홈페이지 · www.bookrecipe.co.kr|http://bookrecipe.modoo.at
등록 · 2015년 4월 24일(제2015-000141호)
창립 · 2015년 9월 9일

종이 · 화인페이퍼|인쇄 · 삼신문화사|후가공 · 금성LSM|제본 · 신안제책

ISBN 979-11-88140-18-3 03840

이 도서의 국립중앙도서관 출판예정도서목록(CIP)은 서지정보유통지원시스템
홈페이지(http://seoji.nl.go.kr)와 국가자료공동목록시스템(http://www.nl.go.kr/
kolisnet)에서 이용하실 수 있습니다. (CIP제어번호: CIP2018005441)